百年新诗百部典藏／马启代 主编

花木深

陈 华 著

江苏凤凰美术出版社
全国百佳图书出版单位

图书在版编目（CIP）数据

花木深 / 陈华著． -- 南京：江苏凤凰美术出版社，
2018.10

（百年新诗百部典藏 / 马启代主编）

ISBN 978-7-5580-5110-4

Ⅰ．①花… Ⅱ．①陈… Ⅲ．①诗集－中国－当代
Ⅳ．① I227

中国版本图书馆 CIP 数据核字（2018）第 198353 号

责任编辑 曹昌虹
装帧设计 小马工作室
责任监印 唐　虎

书　　名	花木深
著　　者	陈　华
出版发行	江苏凤凰美术出版社（南京市中央路 165 号 邮编：210009
	北京凤凰千高原文化传播有限公司
出版社网址	http://www.jsmscbs.com.cn
印　　刷	河北飞鸿印刷有限责任公司
开　　本	710mm×1000mm　　1/16
印　　张	10
版　　次	2020 年 4 月第 1 版　2020 年 4 月第 1 次印刷
标准书号	ISBN 978-7-5580-5110-4
定　　价	28.00 元

营销部电话 010-64215835-801

江苏凤凰美术出版社图书凡印装错误可向承印厂调换　电话：010-64215835-801

总序

转眼新诗已百年

马启代

　　早在 20 世纪的最后几年，大家已在议论新诗百年的事情，近年来，"新诗百年"的话题和各类活动甚至与社会商业活动携手并肩、大有超越诗歌本身的勃兴之势。事实上，看似在热闹中诞生的新诗，其本性与喧嚣并无基因上的联系。艺术与人类历史一样，有着表面风风火火的一面，也有着沉潜低回的另一条趋线。作为伴随新文学诞生的一个新兴文体，它呱呱坠地的时代的确可以用狂飙突进来标示，故我虽一向把社会"思潮"与"诗潮"的相伴相随作为认识百年新诗的一个重要视角，但我并不认同仅仅把波涛浪峰上的那些弄潮者看作新诗百年的代表，也就是说那些以潮流和流派及其风云人物为特征的历史叙事所构成的只是一个粗线条的描述，正是"思潮"与"诗潮"的历史共振，加上民族危难和社会动荡所造成的探索中断和精神异化，新诗所欠下的旧账一再被后来者忽略或轻视，仿佛一个亢奋的战士，冲锋中丢弃了装备，几番沉浮，在这个百年的节点，正是反思得失、检视成败的契机。当然，作为在争论甚至反对声中活得多数时候都青春四射的新诗，对质疑和批评的回应与对自身缺憾和弊端的正视从来都是一体两面需要痛加剖析、修正的问题。

　　我想略通"近代史"的人都会理解，产生于春秋战国以来极少出现的思想自由争鸣时期的新文学，结出新诗这个果实，既是必然，也显得匆忙。我们至今对它的称谓还有争议，如白话诗、自由诗、新诗、朦胧诗、现代诗、汉语新诗、新汉诗等，各有历史定位和美学指向，但莫衷一是，互不认同。此外，关于新诗诞生的历史成因、艺术脉络也各执一词，互有个见。我曾在《新汉诗十三题》中说过，它的源头不是旧诗，它与古诗、律诗、词、曲的代终体换不同，新诗直接来源于外国诗，不是一般的启示与借用，但新诗最终应是民族文化求新求变的产物皆赖于外来文化的刺激复活以及几代学人承前启后的不懈挽救。借此界定新诗的生日——假如非要有一个最大认同公约数的时间，我想，既不是胡适在《尝试集》中几首诗后面标注的 1916 年，也不是《新青年》2 卷 6 号刊发胡适《白话诗八首》的 1917 年，而应是《新青年》4 卷 1 号刊登胡适、沈尹默、刘半农几首诗的 1918 年 1 月。显然，作为《白话文学史》作者的胡适，深知"白话诗"与"新诗"在观念、精神和美学追求上的不同。他在 1917 年 1 月发表在《新青年》上的《文学改良刍议》被认为脱胎于美国女诗人洛威尔的《意象派宣言》，而意象派运动其主要旨趣在于解放英语诗歌的形式和语言，尽管他的代表人物庞德据说受益于中国古典诗歌的翻译。

但毋庸置疑的是，新诗承续了发端于 18 世纪以来世界范围内的诗歌自由化趋向，其背后蕴藏的历史人文内涵和深刻的人类精神走向乃潮流和大势。百年来，世界和中国都发生了许多亘古未有的大变化，人类在苦难和荣光中创造的无数诗篇，成为记录人类心灵和精神变化的珍品。尽管至今尚有人对新诗做出实验失败的定论，近年旧体诗创作日隆，也大有复兴的气象，但无须争辩的事实是：首先，新诗是个伟大而粗糙的发明（沈奇语），它无愧于百年风雨沧桑的砥砺磨洗（张清华语），你即便说它不成功，但也不能无视它有成就（桑恒昌语），穿越百年的时光隧道，战争、天灾、人祸以及正常或不正常的生存考验，新诗已经成为现代人重要的灵魂洗礼和精神救赎的载体。熊辉教授在《纪念新诗百年》中认为百年新诗的发展，最大的成功是确立了自身的文体优势。分行排列的自由书写成为承载现代人情感和思想的有效形式，而吕进教授把新诗看作"内视点"文学的主张，为现代新诗内在形式的确立提供了理论依据。其次，新诗采用大量口语和白话进行书面转化，使古老的汉语焕发出新的生机，重新把优雅与深邃找回，其在唤醒和复活民族灵性上体现出无可替代的前景。最后，我认为新诗与社会思潮与生俱来的根性联系，使其始终勃发着一颗求新求变的魂魄，百年来，它对于中国人精神的塑造居功至伟。

当然，一个百年的文体也许还处于未完成时，尽管许多文学史、诗歌史已翻来覆去根据不同时期的政治需要和个人诉求做过这样那样的修订甚至重写，事实上，所谓百年我们也不妨做模糊的理解，百年新诗也许尚未走出自己的青春期，业已形成的传统还显单薄，无论是文本本身还是理论批评范畴都面临着很多需要解决的问题。新诗不是"作诗如作文，作诗如说话"（胡适语）那样简单，断然不能把一种精神倡导理解为实践指南，正如不能把"下半身写作"理解为"写下半身"，把"口语写作"理解为"口水写作"。尽管民歌民谣给了自由化写作最初的滋养和激发，成就了彭斯和华兹华斯等不朽的歌唱，但新诗随着现代思想的传播，不适合进化论的艺术需要坚守和弘扬的恰恰是最初的和最原始的人的精神和梦想，最本真、最本质的感动。新诗突破了古典诗歌"触景生情"和"睹物思人"的套路，注入了"以思触诗、以诗触思"的感悟和体验，形成了"缘情言志寓思"的现代模式，这些皆赖于中西文化交汇中英美的浪漫主义和法德的现代主义诸流派的深度浸润。但一个文体既有它自我革新和不断蜕变的免疫能力，也有自我阉割的自杀倾向。如今，经历多层磨砺和戕害的新诗呈现出精神伦理和艺术审美上的诸多问题，"生底颤动，灵底喊叫"（郭沫若语）极有被废话、脏话淹没的危险。我在《百年新诗的"三度"迷失》和《当下诗歌创作的"三化"警示》两文中做了解析和指认。据此而论，吕进教授提出新诗的"三个重建"和"二次革命"多年，在展望未来时的确应引起我们的深思。

时光如白驹过隙，对于天地历史而言，百年不过弹指间的一个刹那，但于人于事，一个世纪毕竟暗藏着天翻地覆。适逢新诗百岁，借此数语，聊寄祝福！

目 录

001　香客

002　拄着自己

003　不说

004　秋天的肋骨

005　朝拜者

006　收获

007　无我无相

008　劳作

009　归

010　时光之忍

011　江中弦月

012　春之媚

013　打坐

014　化蝶

015　虚实

016　秋收的僧人

017　忘掉

018　信徒

019　渡

020　漱玉泉

021　蝉

022　曾经的我

023　战国红

024　西行记

025　琵琶怨

027　利器

028　在济宁——致还叫悟空

029　招待

030　佛螺菩提

031　过客

032　气

033　遗言

034　佛

035　磨刀老人

036　青衣

037　皈依

038　木鱼与僧

039　夜行者

040　昨天的

041　不可说

042　捻过岁月

043　慈悲

044　遗落的美好

045　劫数

046　躺在三月的巷尾

047　禅意

048　中秋月

049　太阳雨

050　过江苏

051　最好

052　看，一条河远去

053　雨中灵岩

054　在雨中

055　沈院

056　白发吟

057　海上日出

058　回忆

059　点餐

060　燕赤霞

061　乐山大佛

062　一生的句号

063　诗硬骨

064　有故乡的人不用校正音准——致周瑟瑟

065　布达拉宫的回声

067　只说爱情

068　嘱托

069　老来得子

070　同样的父亲

071　吊在人间

072　弯曲的思念

073　我并不感到孤独

074　昨夜雨

075　粽子

076　诗人的文字

077　修身

078　纵火者

079　指纹

080　蝶

081　卒

082　立夏有感

083　海螺

084　藏

085　清明祭

086　一叶茶

087　爱

088　掏

089　泪海——致桑恒昌

090　坐车

091　磨刀石

092　清明

093　开山记

094　海之恋

095　陈氏起源

096　在列车上

097　给人间下雨

098　蜗牛

099　在江滩

100　钓非钓

101　杀

102　满世界，都是你的微笑

103　月

104　独白

105　　花语

106　春风十里不及你

108　立夏

109　户部巷

110　九女墩

111　追剧三国曹操祭

112　周瑜辞

114　五月麦芒

115　一粒种子

116　六月，关于麦子

117　清洗・再悼屈原

118　故乡的桥（组诗）

121　送别

122　生活的折叠

123　记住

125　留守儿童

127　费力

128　送别——送别师母衣美娟

131　收徒记

132　一枚叶子

133　残荷

134　他乡遇故知

135　包公祠

136　草木深

137　生肖

138　东海岸

139　回家

140　天都

141　为梦败鼓掌

142　夜的回声

143　逆水寒

145　局外人

148　七月——写给女儿

香　客

风以跪拜的姿势袭来
山门早已关闭
一只云雀
成了最后的香客
刚刚它还翻开瓦砾
在古老的青苔里寻找恩赐
现在任由一棵老树抓紧
在人间大摇大摆

拄着自己

一棵小树
承受了太多风言风语
今晚
又落满了雪

站不直了，真的站不直了
它选择弯腰
弯成拐杖
拄着自己

不　说

佛堂的门，敞开着
许多人来去匆匆

有的带着香火
有的带着愿望
有的带着江湖和刀枪
还有一些，他
只是路过

那么多次的跪倒又站起
佛没说
一旁读经的我
更不敢说

秋天的肋骨

走到轻风路的尽头，白杨向晚
无力的影子疲惫躺下
遥远的天际
一半晚霞，一半清欢

谁家小区的黄花探出头来
黄了又黄，闺女已走远
有根树枝掉完最后一片叶子
成为秋天的肋骨

我踟蹰不前
仿佛，也是其中一根

朝拜者

他五体投地时
那些碎石和虫草
都有了禅意

白云越来越低
一只秃鹫将天地翻转
扶正了朝拜者的影子

收　获

他将唯一的一把伞
撑向湿身的女子
他收获了感激
收获了雨滴
或者
他还将在风雨之后
收获一场雷劈

无我无相

手臂上缠绕着的
是早已被超度了的菩提根
都说，菩提本无树
可我明明看见有些叶子
一直绿上心头

空门之外
俗世尚留余地
想起一段尘缘
骨头上刻着的经文
咔咔作响

劳 作

土地上的粮食来不及顿悟
就已经面临战乱
田里的众生
担不起一声佛号

弯曲的脊背在锋芒里奋起
西山的太阳让人盲目
而水塘边的女子
正把自己
绣进一池秋色

归

一个诗人彻悟了
便回到前世
那支笔回归废铁
纸张回归原野
青藏来的女子回到高原
用一场雪洁净人间
她的眼里仍有春色
却和春天无关

时光之忍

从故乡填满饥饿之后
便可以忍受最后一场烟火
忍受时针指向归途
忍受一滴泪砸裂地面
万物为之疯狂

我可以忍受鬓角留白
皱纹横尸额头
忍受一次次预设重逢
一次次抱紧黑夜
于内心面壁

我还可以忍受生生死死
坟茔凄凉荒芜
忍受一株株虔诚的野草
并排依偎
抓紧大地，长跪不起

但凡我能忍受的，都可以忍
比如窗外零散的雪花兴风作浪
比如，我刚心有执念
就和你在指尖猛然相遇

江中弦月

江边人总会望月
水里月总会铸刀
铁做的镰刀
用来收割庄稼
水做的镰刀
用来剃度心头上
一茬又一茬
疯长的乡情

春之媚

一缕风从垄上走过
田边，或者发间
所有根须埋头
往深里扎

再黑的土下
也能遇见太阳
隐约看见有人凿开幸福
嫩芽举着爱的标语

三四月的桃花往死里开
白居易的大林寺
怒放了五六笔
横竖含香的诗意

羞红的树下
只是想到一场约会
那满目娇媚
便呼啦啦飞起

打　坐

不谈春风
不念骄阳
不理秋色
亦不观落雪

坐于红尘之外
剃除爱恨
人间的花便不分四季
有度开合

化　蝶

它是可以在世间轮回的
为数不多的一种
足，比路要密

当西山咬紧日头
用尽最后一丝力气
破茧

只为和路过的人
在一朵花上
偶然相遇

虚　实

烛光是虚无的
佛音是虚无的
一个肉体逃进袈裟
也是虚无的

只有寺院是真实的
寺院的石雕莲是真实的
莲花上歇脚的蜻蜓
也是真实的

于虚实之间
一个俗家，席地而坐

秋收的僧人

旨意从僧袍里甩出
再一次
他们拿起屠刀

一束束阳光射下来
头顶上
有了新鲜的戒疤

麦秆顽强地抵抗
它曾咬碎过一柄镰刀
而此时的佛
并没有在意尸横遍野

忘　掉

忘掉翡冷翠的那夜
忘掉恒河的沙
忘掉独舞的烟火
以及
被大山撞断的翅膀

忘掉一片雪花
一棵树
三个还在身旁的女人
还有这条小路上
阳光与影子重叠的我

信　徒

她每日诵经，叩拜
求福或占卜平安
她轻捻佛珠
为一夫两子烧饭煮菜

她过问红尘
食香火
更食人间烟火

只有夜深人静时
才心无杂念的
在体内，扩建更大的寺院

渡

起初
他怀揣烈酒
勇敢地讨论是非

后来
他举起巨浪
大胆地谈笑风生

现在
他捧着被火焰烧焦的自己
虔诚地自行超度

百年新诗百部典藏

漱玉泉

看见鱼在天上游
雀鸟在水里走
一树桃花倒着开了
那样轻

漱玉集在石枕上流出
清照正掬水梳妆
云从水里笑出了声

以仰躺的姿势看岸上的影
那个人，是清澈的我
眼含三千涟漪
手握一缕春风

蝉

它用死，换了一次飞翔
空空的壳里
装满整个夏天

宿命里一高一低的轮回
来自同一树干
在死过的地方，它还将
再死一次

这亲自挖空的躯体
成为清脆的木鱼
风敲一次
它诵经千遍

曾经的我

"曾梦想仗剑走天涯"
······

后来，天涯我去了

临走时父亲说
这两天有雨
我笑着说没事儿

转身后
雨，便下了

战国红

宁愿相信那 33 颗珠子
是将军轮回的晶体
他们穿越战火
附于手臂
我轻抬弱骨
整个河海为之起立

所有的红扑向尘世
血与血相映
才配鼓吹

敬我的女子
在人间尚留城池
而我的旌旗早已成为经幡
瑟瑟秋风中
一面粉饰太平
一面默念心经

西行记

她一身侠衣
弃刀，执笔天涯
秋草萋萋
一场雨花封住了嘴
遥望远去瘦影
别时话
上一句未说
下一句
让几片枫叶颤抖不已

琵琶怨

指尖深陷《将军令》
隔着一千年的烽火
梦回唐朝
马背上，知音还在
阁楼里宫阙回声

十面埋伏，擂鼓铮铮
低眉以花掩面
掩不住侠骨柔情
已然掌心喋血
我怨
恨不相逢

你挥手八方征战
只听刀声
我挽风跃马横戈
寻不回旧时影踪
我怨
红颜薄命

四根琴弦，情定三生
泪满两岸山河

冷月廊轩下
等你瘦马长剑魂归故里
再听我
琵琶一行

利　器

我接受赞扬
接受诗句在你口中
变得珠圆玉润
我接受膜拜
同时接受你起身时
怀中掏出的
杀人利器

在济宁
——致还叫悟空

太白楼下
与律师对饮
深陷一壶海之蓝
彼此端坐杯中
讨论杯外偷走故乡的人
该怎么判

任国云上
与悟空对饮
忘了金箍　收了大棒
不念六字真言
无妖无魔无鬼怪纠缠
落盅即可变脸

鲁郡城中
与兄弟对饮
酒一直下
一直下
眼里的乡情又发了芽

招　待

去见老乡的路
比回乡的路还要辽远
我们握手寒暄
少不了拥抱

我们聊风土
聊人情
聊老去的时光
唯独没聊我居住的城市

这个城市灯红酒绿
可是今晚
我只能用方言
招待你

佛螺菩提

当珠子颜色变得越来越深
我想起澳洲的框档树
那些摘果子的人
已经麻木，也从没发觉
在太平洋的另一侧
他们的生活
在我手中捻着

过　客

落叶，十月的风
一切那么自然
咖啡馆的玻璃窗内
女人托腮坐着
她的眼里有潮湿、荒凉
与一棵树保持着同样的姿态

像很多人一样，我匆匆走过
唯一记住的
是她无名指上镶嵌的
无名的爱

气

停车场的人与司机争执起来
一个西装革履
一个布衣烂衫

一个有两元钱的傲气
一辆车的傲气
一位成功男士的傲气

一个有两元钱的怨气
一份责任的怨气
一家人朴素生活的怨气

随着后面急促的鸣笛声
他们各退一步
司机回到豪华里
看车人回到阳光里

一切回得那么平静
车窗外，有着崭新的空气

遗　言

省里医院大厅里
来自农村的一家人骂声不断
未婚先孕的女子
哭求自己的母亲留下孩子
而母亲有着做母亲的爱和决绝

一张手术单
是那个未出世的孩子
留下的
最后遗言

佛

我写过许多禅意诗
始终没有见过佛
直到有一天
106 路站牌下
白发阿姨让我收回百元大钞
接受她一元馈赠
也就是那一天
我清晰看到真身的普度

当时阳光正好
人间无碍

磨刀老人

先从石上开路
刀走偏锋
后与木为敌
追杀半生
是为刀

脚踏哟呵启程
肩抗生活
于金木水火土中求生
躬身一世
是为人

刀老，可借浴火重生
人老，只领水土成丘

青 衣

是长城边甩出的孟姜女
是西湖畔甩出的白蛇传
是汾河湾里甩出的柳迎春
是三击掌中甩出的王宝钏
是辛弃疾甩过的《南乡子》
更是纳兰容若甩过的《菩萨蛮》
这一袭水袖
甩过八百里外的烽火连天尽
也甩过千年后落雨潇潇未老的江南
一抹哀愁，甩进眉间
琵琶凄凄，再未遮面
这些淡花瘦玉般的女子
一声弹指一声怨
生生把自己甩进史册
等一人翻阅
再甩进万人泪眼

皈 依

通往山门的石阶
有些
已被膝盖叩得锃亮
辽远的木鱼声擦肩而过
顺道取走了
我在尘世的名字

迈过这一步
生命里的过往
将会被重新布局
而人间的万千霓虹
不过是我心头上的一簇香火

或许前一秒
我还被佛堂前的花草
花草上的飞蛾
嫉妒着

木鱼与僧

剃去，三千发丝上的尘缘
与青灯古佛做伴
将心掏空，化成木鱼
日夜敲打

草木也有心呐，佛说
没掏空的人敲打被掏空的壳
你的慈悲之心哪去了

一把珠子穿起来
便
成了数不清的罪过
得过，且过

夜行者

午夜
钟声响后，路过半溪水域
一只蚂蚁扛起叶子
月光下横渡，作为舵手
这是它最大的帆了

行者
藏身夜，却忘了我就是夜啊
我与我相互精致
心脉上亮着千灯万盏
除了躯体，都在赶路

阙语
风轻轻，虫鸣盲目
想起心中还有一首恋曲
若河流成弦
今晚
必被我弹断

昨天的

半支烟是昨天的
半杯水是昨天的
镜子是昨天的
镜子里的脸也是昨天的

跌在窗台上的叶子是昨天的
它巧妙地绕过风
风也是昨天的
一次次
对秋天和秋天里的人用刑

失眠，记忆　冷
都是昨天的
包括想你的人
他用了一整个昨天清醒

所有昨天的，不遗余力
堆砌成
一个安静的黎明

不可说

关上山门
拂去俗世里沾染的尘
告诉自己　开始修心
一支腊梅最懂心事
在坐禅的地方
瞬间就开了

遁隐木鱼口中
是极其明智的
头颅被敲击千次
那么多的罪过
他仍张口不说

细数六字真言
却不知我是谁　谁是我
紫檀香在佛音里大起大落
七尺尘缘烧不成舍利
刚一起身　开着的腊梅
瞬间又落

捻过岁月

这一年
没许诺的花期太短
许诺过的西藏
也太远

这一年
我把拉萨来的珠子
握于掌心
捻过好多遍

这串珠子叫凤眼
她看得到我
爱别离
求不得
放不下
亦，斩不断

慈　悲

进山途中云层渐厚
迈入寺院
雨水方才垂落

此时顿觉
心有禅意
连天空都大慈大悲了

遗落的美好

南方的梅花开了
粉红色
很像一个女人的脸
怎么亲吻都不够
有多少花落了，那是爱剩下的

走在北方的春天
落叶枯黄，分不清死活
这又黄又青的颜色，只顾自己
我成了碌碌无为的君子
在一片素颜里学着宽宏大量

傍晚比正午更宁静
过不了多久，脚印又会
遗落在一片花瓣里
再等会儿，我会在晚风里孤立自己
独自举起月亮

劫　数

有人用诗歌搬弄是非
便有人
在文字里遇难

他执念的法门
尚且年轻
我内心的因果
已经蒂落

只是叹息一声
便转过身去
佛音声声
却不是为我

躺在三月的巷尾

我相信这一切
从子夜的台灯里
偶遇一个太阳
幸福的光暖着肉体
影子和花开在了脸上

漆黑的窗外
藏着太多恐惧
唯一听到的，是飞过的风
有些尘依然无家可归
三月的巷尾朴素着
相比残花，思念更显肥壮

一支笔扶我站起
从黑暗迈向黎明
试着与春天相互宽容
行句里的山水开始清晰
刚写到爱啊
便满纸的莺飞草长

禅　意

日子久了，心态辽阔
唇齿间吐出的
尽是些
半生半熟的人

每当多说几句
总会在中途顿上一顿
口若悬河
有时水里藏的全是针

时光啊
它终于把我们
慢慢变成了
适合孤独的魂

中秋月

每个人都在写
若说思念
一万个月亮都不够

今夜
是否有人念及吴刚
和他砍不死的桂花树

或者有谁关注那只
阴晴都在的兔子
嘴里嚼着的
三瓣渴望

太阳雨

我想
我们应该学会接受
阳光下接受一场雨
一场雨里
接受一次雷劈

过江苏

收费站那头是十月
她的城很年轻
夕阳在前面，一次次
扶正疾驰地车辆

左侧的垂柳与飞鸟
密谋着远方
秋风紧追不舍
更多陌生人
从我辽阔的视野消失

车过江苏，便想起古沙子
济南的 KTV，我忍住咳
一首《成都》
让她泪如雨下

最　好

最好有梦
可以放肆的思念
不必等天黑透
最好有距离
从最近的地图出发
你终将面对我的单枪匹马
最好有一场雪
在苍茫里找寻慰藉
俗世献上流水、竹林和茅屋
最好有温柔的眼神
尽情梨花带雨
洗一洗我杀戮时的血性
最好有烈酒
三碗过后不再磨刀
而是向你许诺下一个天涯
在此之前
你最好准备一块墓地
有花，有飞鸟剪开的云
让光直指彼此的归宿

看，一条河远去

一切都没变，梦里有河，沿岸有草
偶遇故人又送走故人，所有来去
都如一条河奔腾，深不见底

如此幻想，那条河里没有漂泊
只需躬身，便可打捞月色
你所有的悲伤都是多余

——冷吗？我问自己
这些指尖上的空虚，心尖上的丰满
梦里梦外，寒不寒冷，又有什么关系

雨中灵岩

一只鸽子让出天空
败走人间道
雨中灵岩
诸佛席地而坐
僧稽首，草木稽首
苍天便懂了
弹指拈花
薄雾作锦，雨为线
整个深秋披上袈裟

在雨中

我驱车而过
一条路，在雨中飘着

济南的秋深浅不一
一片叶子在水中旋转
只是为了消遣
随之而来的
是更多的叶子在旋转

站台上撑伞的女子
任意调配雨滴的位置
她脸上伪装着
几滴泪水的存在

丝毫没有那种优越感
同样在雨中
下车之后
我将重新听到一声咳嗽
同时，失去一把伞

沈　院

古有棒打芦花
卖身葬父
有卧冰求鲤
闻雷，泣墓！

在沈院，雨一直下
清廊榭的茶不凉
石阶未歇
国公仍在深读

白发吟

等那些白发
再长一点
就可以取下来做弦
弹一曲《如梦令》

而现在要做的
就是用一场大雪的心态
默许那些时间的白骨
用心选择鬓角
作为墓地

海上日出

她等了一夜
只为一朵浪花
挑灯而来

百年新诗百部典藏

回　忆

整整一个下午
都在观察花盆里的蚂蚁
看它如何
一步步
将我的童年
搬至中年

点　餐

我坐着
清洁工也坐着

舒适的餐椅上
我正对着一张菜单
寻找饥饿

而坐在门口石板上的她
除了一杯白水
也只是点了一片夕阳

燕赤霞

我试着这样描述
兰若寺里
已无妖可捉
仅有红烛泣不成声
一只飞蛾环绕着
略带禅意

他身形佝偻着，执笔
修改被岁月斩杀的从前
门口是年久失修的栅栏
一轮夕阳不偏不倚
落进他的暮年

燕赤霞，这是一个
曾经被众妖喊疼的名字
脸上的沟壑越来越深
而灵魂
却光滑如纸

乐山大佛

藏身崖壁
以天地做庙宇
潜身修行

后被修行人扣出
读三江经卷
慈悲普度

在乐山
人间不动，水不动
众生心动

一生的句号

三点四十五分，老邪说
他被送葬的鞭炮惊醒……

于是，生也哭
死也哭
临人间鞭炮
归尘土鞭炮

一声声闷雷
撅开墓地
又一串串脚印
填上一生的句号

诗硬骨

他已没有什么力气
仍坚持和一支笔
同时站起

当这三个字在纸上
艰难地走完一生
笔躺下，他也躺下

有故乡的人不用校正音准

——致周瑟瑟

这个题目很长，内容很短
就像他用普通话流利地表述之后
其中总有几个乡音成为标点

布达拉宫的回声

雪山和衣钵
万人继承
布达拉宫门前的女子
一边赏花，一边诵经
高原上，巡视人间
她，只是一个过客

佛堂里，闭目参悟
天与地无法区别之时
是千万里之外奔赴的信仰和热情
跪倒，既已成佛

那圣山的祥云
笼罩着慈悲的秋叶
高原雪韵之地重复着
一个又一个
来去匆忙的因果

钟声一响
世间善男信女的心结
谁能解得开
或者

这山、这水、这圣洁的殿堂
最有资格

只说爱情

溪水悄悄破冰
嫩芽小心破土
虫儿胆怯爬行
有些脸颊略显羞红

除了昨夜楼道里的猫
勇敢地叫着
还有诗人大胆拿起笔
在纸上深挖着青涩
并让三月，越来越浓

嘱 托

如果有人问我
你可答
我进山为铄城采药去了

过苏轼的竹林
乘欧阳修的画船
渡李煜的一江春水
直达，陶渊明的南山

若有人来访
先让他消清照酿的残酒
待马致远的昏鸦唱过三次
我便归来

老来得子

院中的老枣树
据说已经一百多年了
自我离开故乡后
基本不再结果

有很多次
都有想过把它砍去
这两年，它出奇地茂盛
苍老的枝干
结满了青红的果子

这多像我
有了斑点的臂弯里
搂着
不足一岁的孩子

同样的父亲

他看见我不笑
看见我女儿时
皱纹里藏着的笑意暴露
像几亩庄稼又丰收了一样

我比他大方
看见自己的孩子
会笑得非常放肆
像童年坐在他拉着的地排车上
笑得那么得意

有一次
餐桌上相对
我冲他笑了一下
尴尬的两个人
同时低下头去

吊在人间

一岁前，我便学会了上吊
母亲去挑水
我蹬开薄薄的褥子
从手工编织的尼龙绳网床上
漏了下去

脚不着地
我一定挣扎了很久
母亲回来时
我已经没有了呼吸

村里的医生那时叫先生
一直在摇头叹息
母亲哭得歇斯底里
在亲邻失去希望的时候
我的脸上退去了紫色
陪着母亲，哭得昏天暗地

多年以后
母亲偶尔仍会哭泣
她失而复得的儿子
把自己吊在了
离她很远的人间

弯曲的思念

凡是人们不要的夜
星星都留着

在他乡
弯月弯的细致
所照之处略感悲伤

醒在嘴边的烟火
在孤独的房间若隐若现
并学会了模仿炊烟

我并不感到孤独

在人间
在路上
在此去经年里
在从胸口
掏出痛了又痛的词语后

我并不感到孤独
且饶有兴致地
在纸上反复搬运一个词语：
故乡

昨夜雨

除了有几滴
温柔地
碎在了玻璃上

剩余的
都学会了飞翔

在昨夜
我清晰地看到
天上的泪
远没有人间的滂沱

粽　子

一粒粒文字
讲述的
是同一个故事
一片片粽叶
裹紧的
也是同一个人
有棱角的物体
以哪个姿势安放
都有锥心之力

诗人的文字

破金丝线
可连接江河
执箬竹叶
能避风挡雨
端午诗人的文字
比一粒米轻
仍被五花大绑

修　身

路漫漫，其修远兮
有人上下求索
更多的，是《思美人》

老冉冉，其将至兮
有人修名而不立
不过是，一篇《招魂》曲

纵火者

火柴有点旧
是三年前宾馆带回的
香烟很新
确信是昨天的

在这个暗夜
"刺啦"一声
绝对是一种暴力

纵火者双眼泛红
冷血地看它们
相互取暖
各自灭亡

指　纹

手掌里
握着娘给的十枚章
在一方水土上
除了千姿百媚的生活
更有我穷其一生
盖上的
血泪之印

蝶

先接地气
再接空气
有多少丑陋
是在展开翅膀之前

有人，早已忘记

卒

当釜底再也没有薪可抽
这一步迈出
是起点
也是归途

立夏有感

笔立起来时
季节也立了起来
我的脚步还在
百花还在
而时间
却在春天的窗口
将一朵海棠的抚养权
移交夏天

海　螺

内心
过于曲折
只够装几滴大海

在滩头熬干泪水
方才吹响
回家的号角

藏

诗中藏着高山流水
藏着十里春风
藏千百个潦草偏旁
而你的笑容
是我唯一漏掉的一行

清明祭

纸上的痕迹
是砸上的
心上的痕迹
是烙上的

在清明
人间一把亲情火
烧红上下两重天

一叶茶

一叶茶
跳进杯中
暖着的
何止是季节

它首先教会自己
浮躁和沉淀
又教会人
拿起和放下

爱

即使
黑夜关掉整个光明
我关掉整个黑

她仍在我面前
白得刺眼

掏

大地向天空掏出泪滴
稀稀落落

男人向胸口掏出故乡
零零碎碎

一定还有人呵
向失眠掏出爱情
无处安放

此时的雨夜
我正以江河的姿势
把一张纸，掏成断章

泪　海

　　——致桑恒昌

这一帆多重
你问问水
这一水多轻
你问问船

你从海里走出
还带着泪
我从泪里走出
还藏着海

这海是一滴泪
这泪是一片海
这泪海
差点淹没了城市村庄和希望

如今
我们在退潮的滩头
含着不朽的盐分
侥幸活着……

坐　车

李老汉一辈子没坐过车
这天，他被梳洗一番
换了最好的衣服
鞋袜新的，头发也被修剪过
车辆驶向村外
外面静得安详

回来的时候他被捧着
生活和故乡依旧
只是轻了很多

磨刀石

一把刀
被岁月砍杀钝了
便开始砍杀自己

一块石头
把自己凹成谦卑
细心打磨着性格

何等倔强的一生啊
肉身不服
钢躯不服
最后
连水土也不服了

清　明

黄土内外的亲人
用黄土播种自己
游子躬身
咳出一口乡愁

纸钱焚成的青烟
弯曲成思念
风过，一簇杂草
跪倒又站起

开山记

我在想
如果张幼仪没有答应离婚
陆小曼早点同意北上
林徽因不是在那天演讲
你会不会
坐在窗前望月
哪管开山不开
那么
邮政飞机"济南号"
也不会
只是空递一个灵魂

海之恋

浪花，是最解风情的

用一只贝壳
便能捕捉到海的心跳

用一个岸
便能拴住一次漂泊

有人在温软的沙粒中留下脚印
那被填满的
正是涌过来，又退回去的
思
念

陈氏起源

这一耳听到舜帝的册封
妫满和大姬的私语
万千草莽的厮杀
以及逃无可逃的一场瘟疫

听到遍地荒芜的风声
大槐树上的老鸹最后一啼
洪洞里的鸟儿自西向东
接连飞去

听到族人打墙
犁铧破土
血脉上的来来往往
脚步轻重不一

多年以后的寒冬
又听到一个孩子的哭声
院子里的鸡鸣
爹娘贴在耳边的呼吸
以及……

在列车上

远山在跑
蝴蝶在跑
弯曲的心事在跑
除了静坐的女子
窗外的一切都在跑

忘记铁轨旁的喇叭花
是怎样喊醒夏天的
忘记一尾鱼
是怎样游进城市街头的

只记得，火车离站很久
路边的野草
仍用不同的方言
一次次为故乡检票

给人间下雨

如果你够勇敢
请脱下尘世所有的重
放弃江山和疲惫
来天上看云吧

如果你够认真
就会成为其中的一片
没完没了地开在我的眉间
或者九月

之后，抱紧我吧
抱成一体，情到浓时
我们给人间
下一场雨

蜗　牛

它的跋涉
让时光慢下来
行囊里不装乡愁
身后背着的
就是家

较它而言，我更觉渺小
模仿不了隐忍和耐心
只会背负两串长长的脚印
于故乡
保持着最大的尺度

在江滩

我无法摁住一条江的奔腾
任一条船开道
穿行在东吴的月色里

就像我无法摁住眼里的波澜
让江边的小乔
在一个男人眼里
灿烂成夏天

而这一切，都与我无关
我遥远的爱情
早已如这条大江
向东逃去

钓非钓

有人困于苦海
有鱼困于人海

于沉浮中，彼此
并不渴望一次飞翔

萧萧落木里
我何尝不是一个饵
一次次装载，又卸下生活的钩

一次一次
将自己抛进秋风中

杀

熬过这一冬
压抑的草木就会起义
我们谈论最多的是
流言犁开荒凉后
开出怎样的花

在篝火点燃之前
精心养育的春天
正以敌对的姿态破土
我谦卑成弓
有些真相已在弦上
不得不发

如何与之对垒
虽然每个江湖都不由它
夕阳正在嗜血
有人准备了长矛
我两手空空
等你一枪回马

满世界，都是你的微笑

如果一场雨
能下得足够好
它就能抓住女人的心
抓住春花和爱情

如果一场雪
能下得足够早
它就能从男人的眉宇出发
路过谦卑和美貌

不只是枯草
所有的俗欲都扑向春天
你看啊，我的心事
刚刚被一场雨清洗
现在又被一场雪表达

在雪里梦游
处心积虑地爱着
你看啊，雪花开了
满世界
都是你的微笑

月

思念是弯的
一千匹月光里
每株嫩芽，都有自己的故乡

就要动身了
独自觅着路口
向着更深的梨花走去

没有人告诉我
爱上乡愁的时候
我比雪花爱上春天
更为具体

独　白

等柳枝吐出春天
大地脱去最后一层雪
我会和你有一次旅行

向着南方，或者海边
浅浅的夜
供我们充满不同想象
每一颗沙粒都是我们熟识的

我会在海上
亲自点一盏人间的灯
你的发丝飘起时
会把这光拨得更亮

一双牵手的影子
牢牢地钉死在海滩上
潮起潮落里
两团焰火，正努力爬升

花　语

在人来人往的小巷里
藏身紫藤枝头
未曾飘落的花瓣
是最深情的告白

三月累了
艰难举着一场场爱情
暗夜，孤独之后的饥渴
等一滴露水朝拜

听说，这个季节山水同色
我牵紧春的衣角
拈花的人没来
绝口不提一次抚摸

春风十里不及你

把一切思念
风一样吼给远方
所有的句子在你脸上打滑
扶起一滴泪
那是夺眶而出的荒芜

像棵草一样卑微地爱着
弯腰拾梦，并不是屈服
穿越千里世俗的
正是我
那穿透过你的目光

站在四月的街口
遥望瘦影，碧塘
那么多思念任意膨胀
尚未落地的馨香，一瓣
又一瓣从云中飘来
此时，我开始欣喜而感伤

无休止的爱
被阳光一一表达
春风十里不及你，不及他乡

你踏过红尘向我走来
梦中的草色更新了

春天的血管里流淌着一万个你
抱紧自己的那刻
便听到两颗心一起一伏
此时想你
距离的风啊又将思念
连根拔起

立 夏

一场雨敲开土地
封闭太久的夏
裹起绿衣　直立行走

万花搭建的舞台上
有的登场　风风火火
有的谢幕　再惹春恨

户部巷

有那么一刻
我想到的是刑部

人们兴高采烈
举着自己的人头，来回穿梭
没人在意肢体去了哪里

······我只是无话可说，无人可说
只有一个孩童在拥挤中哭过
让我突生怜悯

而我的怜悯并不包括
这些擦肩而过的，生生死死

九女墩

行往九女墩，蚊虫挡道
点燃一支烟
仿佛才有了生路

九个女子生前不甘寂寞
死后又过于寂寞
尽管世道太平了

而今她们不再起义，起义的
只是那些毗邻而居的蝉
不停叫阵，一声高，一声低

追剧三国曹操祭

在北方
一盏茶，犹如心情
沉浮不定
依然散发着江南的味道

千年前的曹操，2015 年 5 月
才死，这悠悠的我心还在沉吟
灯下横过的飞蛾
未逢乱世，却也只有你
是独独舞出的英雄

打开窗子
有了魏晋风度
这一杯滔滔江水
泡了又泡
饮完了，也就生死无恨

黑夜的大幕早已落下
执笔三国，才发现一脚踏空
这不肯睡去的星子们
缜密地布置着
绝情之阵

周瑜辞

雨声再大一些
便可掩盖泪水
敲击江水的声音
它还可以更大一些，反正
尘世的路已经断了

巴丘的风吹来三口怨气
赤壁的火便被拨旺
精心地烧制着三分天下
再没有一双耳朵
倾听小乔
拨痛江东的声音

何生的亮
着一身孝衣
也来啼哭
肝肠寸断的泪痕里
流淌着一千个谎言

许君的江山，朝镜内
马蹄依旧声声乱
遥想公瑾当年

遥想啊……

生也当年，死亦当年

五月麦芒

肯定有一些麦芒
扎进心里
五月的离别
一场，接着一场

夕阳下，那些金黄
无知的、高傲的
来不及认命的
还在风里荡漾

这是一片更加饱满的荒芜
有人备好了刀枪
我却不肯欣赏

一粒种子

臣服于泥土之后
又臣服于味蕾
一粒种子，在体内
重新发芽

它有着红色的叶子
红色的花
红色的土地闪耀着
生我，又弃我的太阳

人心，正躲在更暗的地方
将骨头磨成镰刀形状
时刻准备着收割
一茬，又一茬
血色的时光

六月，关于麦子

这是人海
也是火海
而那些麦浪
是六月最后的屈服

它们把头颅送给孩子
再执一火
把躯体烧得更旺

总要留把骨灰，献于母亲
以此填补深深皱纹里
一生的伤

清洗·再悼屈原

于江边而立
也只剩这两袖的清风
抱不起江山
索性
抱一块大石而去

汨罗江水更急了
一尾鱼
含着一条江的泪滴
两千年不死
一直游来游去

岸上，九歌回旋吟唱
有人朝天而问
你不读《离骚》
何故
哭天喊地

故乡的桥（组诗）

一

有人在桥上看风景
其实哪有什么风景
无非是呛人的炊烟
不起眼的山花
独轮车碾过的村庄
吱吱嘎嘎

有人在桥下等风景
其实根本没有风景
不过是等一场雨
躲一声叫骂
看一个心仪姑娘的秀发
飘飘洒洒

还有人正注视着一座桥
其实哪有什么桥
那只是一根苍老的扁担
这头挑着麦田和希望
那头挑起生活和家

二

家乡的桥老了
桥墩上有着斑驳的痕迹
这像我额头上渐深的皱纹
那被踩过千万次的桥面
年轮变成来回穿梭的直线

它依然驮着年轻的我
桥下是年轻的河水
河水里有着年轻的水草和鱼
是啊，我曾做过几次鱼儿
在水面抬头戏水，等花开，等红妆
之后游来游去
从村口到城市，从梦里到故乡

三

他弯腰趴下的时候
每一节骨骼抱得更紧
这更像一张不屈的弓

一个游子走上桥心
刹那间
被弹出去万里

四

身前流水汤汤

两脚抓紧大浪
背不动村庄
索性
把那些草芥举过头顶
丢给远方

五

少年时，脚在走
中年时，心在走
老年时，桥在走

只要村庄活着
只要流水活着
只要那该死的贫穷活着
它便永不回头
绝口不提沧桑

送　别

在没有古道的长亭
相互挥手
茫茫人海攒动的身影
似一个浪拽紧又一个浪
来去匆忙

频频执笔
总有爱的味道
说不清是南方还是北方
亲手种下的六月
草色挣扎，面对抉择
它们的心情
绿了又黄

一直都是你的影子
我们穿同一双鞋
走同一条路
谁也没有提起离别
眼角悄悄滑落的
是天边暗红的夕阳

生活的折叠

落日隐去，体内的火还在上升

除草机的轰鸣响过最后一次
我爱上了劫后余生的味道
被削去锋芒的草丛里
虫蚁正忙着搬迁，或逃难
或重建家园

看不到羊群，童年
看不到炊烟
却从一簇倒下的青草里
嗅到了海水、石油、战火
额头长出的粮食，以及一些
等价交换

脚下刮过一张旧报纸
走失中缝的老人刚刚有了眉目
一转眼
又被另一个老人
折叠进自己的生活

记　住

记住九月，记住十八日的国殇
记住铁蹄下纷飞的枯叶黄

记住月圆，记住思念的长夜
记住长夜里举杯说思念时的大言不惭

记住流水，记住它流回深山
记住深山里的鸡鸣和它告别的昨天

记住庄稼，记住生活的劲敌
记住被秸秆划伤的臂膀和他扛起的今天

记住秋风，记住秋风里哭泣的女孩
记住她忘掉的母语仅靠一点回忆取暖

记住饥饿，记住泥土上的亏欠
记住从碗里倒掉的庄稼和眉湾泛起的波澜

记住野火，记住荒草和谷穗
记住从田边到霓虹灯下的蔓延

记住从一场场暴风雨里的出逃

记住出逃后一座城市里的蓬头垢面

记住梦见　虚无　沉默
记住提笔时缺少的副词
记住一场雪没有让人白头
记住煤油灯下的咳嗽
记住一张粮票焚化的童年

但凡能记住的
绝不告诉炊烟、黑夜和一杯酒

留守儿童

一间破败的房子里
没了亲戚。几乎都空了的他
一筐猪草换一点米面
猪的食物是草，他的菜肴也是草
老旧的锅里早就没有了油盐
他却津津有味地翻炒
如同翻炒他孤独的童年

很长一段时间
他不提父母，邻居也不提
他一直乐观地相信，他们很快
就会回来
也许过了今年，也许过了明年
也许，在他背着重重竹筐
偶尔抬头的一瞬间

他说他不喜欢雨
下雨的时候担心房子会烂
担心屋子里的溪流老是不干
担心啊
他那消失不见的爹娘
回来时，赶在下雨天

可他也喜欢雨后的日子

有些草会很干净

吃起来特别鲜

如果够幸运

还能看见地上拱起的蘑菇

那么小，像一把伞

撑开

就是一片天

费　力

我费力出生
费力奔跑
费力地游走于人情
和冷暖之间

我费力计较名利
费力挥霍
费力接纳生命中的爱
和命运的垂青

我费力捂上面具
费力清高
费力忘却人世间的痛
和那些不屑一顾

我再也不想费力了
可还是要费力地活着

我忘记了昨天
是怎样费力爬上床
可我清晰地记得现在
从梦中取回自己和故乡
一点都没费力

送　别

——送别师母衣美娟

她躺着，躺了三年
耐心地
做着忘掉季节的植物人
她不再数落日子
不问咸淡
也绝口不提生活

很多人以为她在躺着
其实
她一直拼命走着
在 2016 年的冬天
在桑恒昌 57 行长诗里
她坚持把自己走成句号

一个偏瘫的妻子
他扶着走
一个全瘫的妻子
他背着走
一个植物人的妻子
他抱着走……
这一次
一个炼化了的妻子

他要捧着走

丈夫的眼泪使劲往眼里埋
女儿的悲痛使劲往天空埋
女儿的女儿啊
那么多丰盈的爱与思念
统统　往滴血的青春里埋
而她，却义无反顾地把自己
往土里埋

这个被我称为师母的女人呐
安心地走吧
如果哪天，你走累了
就走出相框
缕一缕你男人的白发
擦一擦
你的孩子们入梦后
挂在眼角的泪滴

十一月的叶子
圈了一地
十一月的花
圈了一地
十一月顶着沧桑的人群
活生生
圈了一地

很多次的跪倒又站起
有很多萧瑟

很多冬风不语
很多面孔
都失去了
再痛一次的勇气

收徒记

你说陈老师，收我为徒吧……
说实话，我并不能教授什么
你渴望的诗与泉水一样清澈
而现实过于浑浊
你看啊，我消瘦的笔端
含着丰满的故事，有时
它只能在桌台贫穷地躺着

写诗做什么
纸上的风浪比海上更大
你要分出更多的青春
分出更多的黑夜
剔掉所有多余的修辞
把骨头剔成桅杆，还要
让它生出翅膀

你看，这多么恐怖
不如，我们就这么坐着
坐在李清照的故乡
一杯茶里
看这座城的灯火阑珊
看花自飘零水自流
看一种相思，两处闲愁

一枚叶子

驶入十二月的晨曦
一枚旧的，不能再旧的
叶子，粘上车窗
晾晒自己

身下的冬天
是一把透着寒光的刀子
它不止雕刻年轮，还雕刻人心
我们明明没有更多的空间
盛放这枯死的黄

这枚叶子有些奋不顾身
就这样挤进人群
挤进车流，或者
它只是想挤进春天

纹路里塞进的霜
是更加狭窄的疼痛
车里人隔开寒世，仍小心喘息
深恐这一口暖
让叶子上的冰点，成为
流泪的叹号

残　荷

是杨万里的接天莲叶
是王昌龄的莲舟湿衣
是卢照邻的浮香绕曲岸
更是李清照的
一
声
叹
息

这一塘荷叶
孤独的守护一方水土
蜻蜓退去
人海中的浪
早已退去

曾经，它用一颗水银
滚动夏天
现在，万物成了它的过客
它清静地举着冬，和一滴
落魄而苍老的泪

他乡遇故知

起初
我们用流利的普通话交谈
不久便被普通话出卖了
于是
我们用流利的乡音嘘寒问暖

过了很久才发现
语言上有太多磕磕绊绊
最后我们又用流利的普通话
说了再见

包公祠

钢铁做成的铡
立于人间
腾龙跃虎
跑了狗
铡无可铡

血肉做成的月
于眉心千年
知善懂恶
念苍生
弯在中原

草木深

秋叶怎么黄
你的心都是青葱的
在被阳光洗礼的方砖上
有一只脚
早早踏入尘世

更远的远方，我手执念珠
一声鸟鸣高过云层
与湛蓝的心经
在人间相遇

生　肖

母亲生肖是羊
我也是
她在乡下咀嚼一世青草
我在城里
啃了半生月光

东海岸

金沙滩席地而坐
海岸苍茫
一条船锈迹斑斑
他乡有老去的水手

我们燃起篝火
如海中尖锐的礁石
只是静静地
顶起一片月光

三个失落的人
谁也没谈及离别
只是看着一只白鸥
骑上海浪

回　家

一片雪花会告诉你什么是暖
两串脚印会告诉你什么是家
当我们背起行囊
才发现人生又一次归零

只想回去看看
生我养我的老屋里
阴阳两界的亲人
都在坐着吗

天　都

她送了两盒叫天都的烟

直到我把黑夜点着
所有光前赴后继
匆匆赶来自焚
才发现
年轻的手指
根本驮不起黑夜

指尖是一秒一秒的死亡
内心有一寸一寸的送葬
在黑夜和光之间

在唇齿之外
没有对错
更无法说出原谅

为梦败鼓掌

夜是孤独的
骤起的风，是孤独的
尽管没有选好他乡
仍旧坚持走进一场梦里

只有更黑的夜里
才敢无忧无伤
在异域，如脱缰野马
横冲直撞

只是三步之外
便又失去了远方
我被女儿的啼哭拉回
强行
塞回世上

夜的回声

在立夏的第一个晚上
在把第一个梦做碎的晚上
匆匆醒来，坐进黑夜
多像一堆时间的白骨
泛着洁白的光

横躺的枕头还有余热
或在等一个温柔的骗子
她虔诚地敲击已空如钟的身体
让整个安静的夜听一听
我与我相互疼痛，并
发出的回声

在重新闭眼之前
无法使呼吸越来越轻
眼里这一小块荧光
是场悲剧
我翻遍所有的台词
对自己说不出一句晚安

逆水寒

细雨泼墨烛啼
深浅浮生夜中展
向长更　惊鸿处
芳樽添满
梨花带雨谁人管

只道春情薄
多少胭脂随风散
几回策马天地
月失中天
唯见北风空对弦

疏影摇书卷
一念爱恨三月间
曲阑珊深处
此生功名忙如燕

谁借三千文字织成一罗衫
谁燃半窗灯火抵御这风寒
风来山有色
风去伊人出阳关
十年书剑恩仇未泯

一朝琵琶幽怨
不进尘世怎知蜀道难

独听灯前雨
别绪丝丝入梦难
一纸素墨
笔驮诗篇
寄人间

局外人

——风是忙碌的
——我是忙碌的
已经好久了
一朵桃花谢了没说
春红没说

只道赶路
并肩人开始擦肩
小心地默念一个名字
祈盼用更多的夜
来降服恐惧

刚刚落笔之前
仍被一张白纸嘲笑着
被时间鞭刑的人
无辜立于尘世
喉咙正变得狭窄

在三月
无心打理春天
像个局外人
不管日落
也没有顾及花开

七 月

——写给女儿

你从七月走来
带着温暖
带着我不曾见过的风景
你用稚嫩的脚丫
踢动内心的柔软
我含着爱
你含着泪
声与声相加
爱与爱相乘
只是你更勇敢地哭出声来

从你的哭声里
我一直后退
退回秋天
退回夏天
退回茵茵草木
退回到我出生时的寒冬
都有一枚太阳
轻轻吻着我们的脸颊
像永不褪去的腮红

你一直在哭闹

我一直在骄傲
不能睡去的夜好长啊
我站在窗口看天空
看一颗星
是如何镶进眉心的

今晚夜色如水
格外小心抱着你
甚至小心地想到我的父亲
想到他的慈爱，他的脆弱
想到他臂膀上的担当和思想上的传承

某一刻悄悄对视
我正从你明亮的眼睛里长大
夜是温柔的
灯光是温柔的
房间里的空气，也是温柔的